AF322211

BIBLIOTHÈQUE SCIENTIFIQUE
DES ÉCOLES & DES FAMILLES

DIRECTEUR
GUSTAVE PHILIPPON
Docteur ès sciences.

NEIGE & GLACIERS

PAR

C. VELAIN

Chargé de cours à la Faculté des sciences de Paris.

HENRI GAUTIER, éditeur, 55 Quai des Gds Augustins, PARIS.

PRINCIPAUX COLLABORATEURS

MM. Le Dr ARTHAUD, chef des travaux de physiologie à l'Ecole pratique des Hautes Etudes, professeur au collège Chaptal.
Le Dr BEAUREGARD, professeur agrégé de l'Ecole supérieure de phar-
Le Dr BELIN, chef de clinique à la Faculté de Médecine de Paris.
DANIEL BERTHELOT, assistant au Muséum.
Le Dr R. BLANCHARD, de l'Académie de Médecine.
   macie.
ROBERT CAMBIER, attaché à l'Observatoire de Montsouris.
CAPAZZA, aéronaute.
J. CHATIN, de l'Académie de Médecine.
HENRI COUPIN, préparateur à la Faculté des Sciences de Paris.
Le Dr DUBIEF, médecin-inspecteur des épidémies de Paris, chef de laboratoire à l'hôpital Cochin.
Dr RAPHAEL DUBOIS, professeur de physiologie à la Faculté des Sciences de Lyon.
DUCLOS, préparateur de botanique à la Faculté de Médecine de Paris.
G. DUMONT, professeur à l'Ecole des Hautes Etudes commerciales.
ST. FERRAND, ingénieur-architecte, directeur du journal *Le Bâtiment*.
CAMILLE FLAMMARION, directeur de l'Observatoire de Juvisy.
Le Dr GARRAN de BALZAN, directeur de cours à l'Association philotechnique de Paris.
Dr N. GRÉHANT, professeur au Muséum.
E. DE LA HAUTIÈRE, prof. agrégé de philosophie au lycée Saint-Louis.
HANRIOT, de l'Académie de Médecine.
A. HÉBERT, préparateur de chimie à la Faculté de Médecine de Paris.
KOEHLER, professeur de zoologie à la Faculté des Sciences de Lyon.
H. LÉAUTÉ, membre de l'Institut.
LECOMTE, professeur agrégé d'histoire naturelle au lycée Saint-Louis.
Dr LESAGE, chef des travaux pratiques à la Faculté de Médecine de Paris.
LEVASSEUR, de l'Institut, professeur au Collège de France.
GABRIEL LIPPMANN, de l'Institut, professeur à la Faculté des Sciences de Paris.
L. ET A. LUMIÈRE.
CHARLES MARTIN, professeur de l'Université.
MARTIN, chargé de la direction du musée monétaire.
H. MERCEREAU, professeur de l'Université.
STANISLAS MEUNIER, professeur au Muséum.
VICTOR MEUNIER.
EDMOND PERRIER, de l'Institut, professeur au Muséum.
GUSTAVE PHILIPPON, docteur ès sciences, directeur de la publication.
PAUL PHILIPPON, répétiteur à la Faculté des Sciences de Paris.
Le Dr PORAK, de l'Académie de Médecine.
L. PRÉVAUDEAU, licencié en droit.
A. QUIGLARD, préparateur à la Faculté de Médecine de Paris.
Dr REGNARD, professeur à l'Institut national agronomique.
ROCQUES, ancien chimiste au laboratoire municipal de Paris.
ROUX, assistant de la chaire d'agriculture au Muséum.
ROUX, vétérinaire de l'armée.
CH. VELAIN, chargé de cours à la Faculté des Sciences de Paris.
Etc., etc., etc.

NEIGE ET GLACIERS

Par M. Ch. VELAIN

AVANT-PROPOS

Chaque jour, d'immenses quantités d'eau abandonnent, sous forme de vapeurs, la masse de l'Océan pour s'élever dans l'atmosphère ; emportées par les vents, ces vapeurs retombent en pluie ou en neige tantôt à la surface de la mer, tantôt sur les continents, où elles sont toujours destinées à retrouver sans peine, avec les fleuves, le chemin de l'Océan. Il s'établit ainsi, entre l'atmosphère et la terre ferme, une véritable circulation d'eau, nous fournissant ici-bas l'image d'une activité qui ne sommeille jamais. Or, un des voyages les plus intéressants que puisse faire de la sorte une goutte d'eau, c'est celui-ci : partir des régions chaudes de l'Atlantique, être transportée par les vents du sud-ouest jusqu'en pleine Europe pour venir tomber sur les hautes cimes des Alpes, puis retourner à la mer par le Rhin, le Rhône ou le Danube. Chaque année, des millards de gouttes d'eau accomplissent ce voyage, et il a ceci de particulier qu'il exige parfois beaucoup de temps, ainsi qu'une série de tranformations des plus remarquables. Si le vent est favorable, le trajet de l'Atlantique à la cime du mont Blanc n'exige que quelques heures ; de même, le retour de la vallée de Chamounix à la Méditerranée n'est ni long ni difficile, car l'Arve et le Rhône vont bon train. Mais du sommet du mont Blanc à cette vallée les chances de retard sont nombreuses, si bien qu'il devient possible que pour franchir cette distance un demi-siècle suffise à peine. La goutte d'eau tombée sur ce sommet sous la forme neigeuse ne redeviendra, en effet, mobile qu'après avoir passé par toutes les transitions possibles entre cet état de neige et celui de glace compacte; elle aura, dans ces conditions, cheminé, avec une lenteur dont la nature offre peu d'exemples, du haut de la montagne jusqu'à l'extrémité du glacier, en faisant l'expérience d'un voyage à l'état solide. Raconter ce voyage, c'est décrire le glacier; c'est ce que nous allons entreprendre en suivant pas à pas toutes les modifications subies par la goutte d'eau dans cette longue traversée.

I

FORMATION DES GLACIERS

Chutes de neige; neiges persistantes. — La première condition, c'est de prendre la forme neigeuse; circonstance qui se réalise dans une atmosphère pourvue de vapeur d'eau, aussitôt que la température devient inférieure à 0°. Les causes qui déterminent ensuite les chutes de neige ne diffèrent guère de celles qui donnent naissance à la pluie; c'est la rencontre d'une zone plus froide et notamment celle d'un massif montagneux. En venant buter contre une ligne de hauteur bien caractérisée, l'air, en effet, forcé de s'élever pour en franchir la cime, se dilate et pénètre dans des zones de plus en plus raréfiées; dès lors, en vertu des lois de la thermodynamique, sa température s'abaisse, et comme cet effet s'ajoute à celui produit par la rencontre de couches plus froides, toutes les conditions pour que des chutes abondantes de neige se produisent sur ces hautes montagnes sont réalisées. Dès lors, dans ces hauteurs, où la raréfaction de l'atmosphère est telle que la chaleur, dans la saison sèche, demeure impuissante pour fondre toutes les neiges tombées dans la saison froide, ces neiges deviennent *persistantes* et peuvent s'amonceler en quantité considérable. En tout lieu, il existe donc, en raison de la diminution subie par la température, une hauteur à partir de laquelle les précipitations atmosphériques ne peuvent plus affecter que la forme nei-

geuse. Mais l'altitude de cette ligne, en devenant la base
d'une zone où l'hiver accumule plus de neige que l'été n'en
peut fondre, est nécessairement soumise, suivant les contrées,
à de grandes variations ; abaissée, par exemple, jusqu'au
voisinage du niveau de la mer dans les régions polaires, où
la température oblige les précipitations atmosphériques à se
présenter en tout temps sous forme neigeuse, elle se relève
à plus de 4,000 mètres sous l'équateur. En même temps,
dans ces régions tropicales, où le climat est soumis à peu de
variations, la *limite de ces neiges persistantes*, devenue très
stable, se traduit entre 4,700 et 5,000 mètres d'altitude par
une ligne droite horizontale d'une netteté absolue, tandis que
partout ailleurs, où s'établit une grande différence entre
l'hiver et l'été, comme dans l'hémisphère nord, elle affecte,
avec une allure capricieuse, des positions très diverses ; à ce
point que, dans un même massif, on peut constater, entre les
deux versants, des écarts de plus de 1,000 mètres. Dans le
Caucase, par exemple, ces neiges persistantes se tiennent à
3,570 mètres sur le versant occidental bien exposé aux vents
qui se chargent de vapeurs en passant sur la mer Noire,
tandis qu'elles ne s'observent qu'à 4,300 mètres sur le
flanc tourné vers les grandes plaines désertiques de l'Asie.
Au plein cœur du massif suisse, dans les grandes Alpes du
Valais, on les rencontre à 2,700 mètres, et c'est ensuite à
3,300 mètres qu'il faut venir les chercher dans les Alpes
Maritimes et Cottiennes. Mais c'est surtout dans les grandes
chaînes asiatiques qu'on peut noter, dans ce sens, les diffé-
rences les plus tranchées ; sur le flanc méridional de l'Hima-
laya, malgré son exposition av midi, cette ligne se relève à
5,700 mètres, tandis que, sur le versant opposé, où viennent
se décharger les vents pluvieux du golfe du Bengale, elle
descend à 4,900 mètres. On voit, par suite, qu'en dehors des
régions polaires, où la température s'abaisse assez pour per-
mettre en tout temps la chute de la neige, ce phénomène,
avec toutes les conséquences qui en découlent, exige comme
condition fondamentale l'existence de *condenseurs montagneux*, et dépend, au point de vue de l'intensité, non seulement de l'amplitude du massif qui fait office de réfrigérant,
mais de la direction des vents et de leur richesse en humidité. Quoi qu'il en soit, les conditions physiques des hautes

cimes où se tiennent les neiges persistantes restent les mêmes ; au-dessus de la limite qui leur sert de base, l'hiver règne seul ; au-dessous, les saisons suivent leur cours régulier ; au-dessus, la vie existe à peine, représentée seulement par quelques plantes rebelles au froid et des insectes éphémères ; au-dessous, elle se manifeste sous mille formes variées, depuis les hautes régions où s'aventurent les pins et les chamois, jusqu'aux plaines habitées par les hommes, où les moissons jaunissent et le raisin mûrit.

Avalanches. — Mais si les neiges préservées contre la fusion y règnent sans partage, leur accumulation, quelle que soit l'abondance de leurs chutes, a nécessairement une limite, les couches successives amoncelées d'une matière aussi meuble étant nécessairement destinées à s'ébouler. Notamment quand elles tombent sur les pentes, sollicitées par leur propre poids, elles sont périodiquement précipitées vers les régions inférieures sous la forme d'*avalanches*, très redoutées des montagnards, non seulement à cause de leur masse, et de la quantité de pierres qu'elles peuvent entraîner, mais de la brutalité de leur écroulement. Rien que de ce chef, la masse de neige qui peut ainsi s'abattre en quelques secondes est considérable, les accumulations qu'elles engendrent faisant naître, à la base de leurs *couloirs*, des cônes neigeux dont le volume, qui n'est jamais inférieur à 10,000 mètres cubes, peut atteindre un *million de mètres cubes* (cône d'Amsteg). Dans le massif du Saint-Gothard, l'ensemble de ces chutes déterminées par les tourmentes de neige périodiques est évalué à 325 millions de mètres cubes par an. Dans ce cas, ces glissements brusques, après avoir accompli leur œuvre dévastatrice et déposé dans les parties basses leur charge de boue et de blocs, deviennent, après leur fonte, de puissants instruments d'alimentation pour les torrents voisins.

Bassins de réception. — Neige poussiéreuse. — Mais si les gouttes d'eau tombées sous forme de neige sur les hautes cimes prennent ainsi de l'avance pour leur voyage à l'état solide en venant s'accumuler dans les vallées où la fusion les emporte ensuite rapidement, ce sont là des exceptions. A côté de ces *avalanches de fond* qui ne se produisent guère au printemps qu'une ou deux fois l'an, il est de ces glissements de neige, plus réguliers et plus continus

qui, cantonnés dans les hauts sommets, viennent s'emmaga-
siner dans les anfractuosités de la montagne ou bien combler
de grandes dépressions en forme de cirque quand une disposition des crêtes en demi-cercle s'y prête. Dès lors, dans ces
cirques élevés qui prennent tous les caractères de *bassins de
réception* quand ils ne trouvent d'écoulement que par une
seule gorge, les neiges ne restent pas immobiles. Elles forment
d'abord une poussière fine, floconneuse, si bien dépourvue de
cohérence qu'elle cède sous le pas et devient souvent le jouet
des vents. C'est la *neige poussiéreuse*, qui parfois s'enlève au-
dessus des cimes en un panache blanc — « Le mont Blanc fume
sa pipe », disent les guides quand il s'en détache un pareil
nuage — ou le plus souvent vient s'accumuler sous forme de
dunes (*gonfles*) dans les endroits bien abrités. C'est aussi cette
neige qui, se collant aux rochers quand la température s'élève,
prend une cohérence suffisante pour constituer, sur les escarpements, des corniches en surplomb, si dangereuses en raison
de leur instabilité. C'est seulement en été, sur les pentes bien
exposées au soleil, qu'il peut se former à sa surface des
croûtes de glace (*Hochfis*) sur lesquelles il est possible de
s'aventurer sans danger, ces couches glacées pouvant atteindre des épaisseurs de 40 à 50 mètres.

**Mécanisme de la formation du glacier.
Névé.** — Cette transformation partielle des neiges en glace
sous l'influence d'un commencement de fusion pendant le
jour, puis de regel pendant la nuit, devient la règle quand,
descendant le long des pentes, elles parviennent dans des
régions plus tempérées. La masse tout entière devient alors
solide, et cette modification profonde, qui finit par amener ces
neiges opaques à l'état de glace transparente, tire son principal intérêt de ce qu'elle donne naissance aux *glaciers*. Il
importe donc d'analyser maintenant avec soin les conditions
qui président à une pareille transformation.

Les flocons fraîchement tombés sont, comme on sait,
constitués par des milliers de petits cristaux de neige affectant la forme d'étoiles à six branches des plus élégantes, et
laissant entre eux une infinité de vides ; mais bientôt, dans
son mouvement de descente, cette masse incohérente se tasse,
durcit, puis, sous l'action du soleil, sa surface subissant un
commencement de fusion, ces cristaux neigeux perdent leur

forme étoilée et se groupent par grains plus ou moins arrondis; les gouttelettes d'eau provenant de cette fusion circulent entre ces grains, pénètrent dans les couches inférieures jusqu'à ce que, saisies par le froid, elles gèlent et les cimentent après avoir partiellement expulsé l'air interposé. De cette façon, la neige, principalement sous l'influence des gelées nocturnes, se transforme en un amas de granules transparents encore parsemé de bulles d'air, auquel on donne le nom de *névé* (*firn* dans la Suisse allemande), et qui devient déjà assez dense pour que le poids d'un pareil amas granuleux oscille entre 500 et 600 kilogrammes par mètre cube, alors que ce même volume de neige fraîchement tombée atteint à peine 85 kilogrammes. Ce névé, dans le principe, est encore meuble, mais bientôt, sous l'influence du froid et de la pression des couches supérieures, il devient assez cohérent pour que la marche, si pénible sur la poussière floconneuse des *champs de neige*, devienne facile sur un sol congelé devenu solide.

En même temps apparaissent pour la première fois sur ces vastes étendues de neige grenue consolidée, de grandes et très larges crevasses dites « rimayes » (*Bergschrund*), qui, entaillant verticalement toute la masse du névé, mettent à jour, jusque dans ses moindres détails, sa structure. Il apparaît alors nettement stratifié, c'est-à-dire composé de couches plus ou moins épaisses directement superposées, dont les joints sont marqués par une ligne noirâtre correspondant à la croûte superficielle salie par les poussières atmosphériques et qui chacune, par suite, représente le produit d'un hiver. On a pu de la sorte constater dans les crevasses de certains champs de névé jusqu'à soixante de ces couches annuelles superposées, d'épaisseur comprise entre 0^m,50 et 3 mètres, et, de plus, observer que, dans chacune d'elles, les grains de névé se présentant formés de couches concentriques, il se produisait dans leur formation une sorte de structure *oolithique*; en d'autres termes, que leur accroissement était progressif, chacun d'eux s'augmentant de l'eau de fusion qui vient se congeler à son contact.

Glace. — Ce premier changement dans la nature des neiges n'est que le prélude de modifications plus importantes. Déjà dans les parties basses du névé, comprimées par son propre poids, cette masse granuleuse devient de plus en plus compacte et finalement passe à l'état de *glace bulleuse* (*firneiss,* névé à grains cimentés), c'est-à-dire d'une glace blanche laiteuse, dont la transparence est encore troublée par une infinité de très petites bulles d'air, et qui présente encore des traces de stratification bien marquée. Cette stratification devient ensuite la règle quand ce névé, sollicité par son propre poids et la pression des masses supérieures, est forcé de descendre dans les gorges profondément encaissées qui deviennent la suite naturelle des cirques où se sont emmagasinées les neiges.

Dans ce cas, finissant par arriver au-dessous de la limite des neiges persistantes, dans une zone de moindre altitude où la température s'élève, la fusion partielle qui en résulte augmente, avec la densité, la compacité de la masse; dès lors, l'infiltration d'une certaine quantité de cette eau de fusion et sa congélation dans les interstices des grains après le départ des bulles d'air, finit par transformer le tout en une glace compacte, à cassure homogène, douée de la transparence et des belles teintes bleuâtres que l'on connaît.

Un fait digne de remarque, c'est que cette transformation progressive des neiges, puis du névé en glace franche n'est accompagnée d'aucun changement de structure. A l'inverse de celle des lacs dont la congélation se fait de telle sorte que tous les petits cristaux élémentaires qui la composent affectent la même orientation, celle des glaciers conserve jusqu'au bout la structure granuleuse et l'agencement irrégulier du névé qui lui a donné naissance, mais avec cette différence que les grains, au lieu de rester arrondis, deviennent *anguleux*. Aussi, la plus compacte en apparence se montre parcourue par un réseau de fissures capillaires caractéristiques, et qui ne sont autres que les limites de ces grains juxtaposés; grains qui, du reste, se manifestent avec une réelle évidence quand on soumet à la fusion un morceau de pareille glace; elle prend alors une apparence spongieuse, puis se divise en fragments comme du sucre qui commence à fondre. En somme, cette glace, comme l'a si bien dit Helmoltz, est à celle des lacs comme un morceau de marbre, avec ses milliers de cristaux enchevêtrés, est à un cristal de spath calcaire.

D'après ce qui vient d'être dit, cette transformation du névé en glace devenant un fait accompli quand il peut, non seulement s'écouler en masses considérables, mais s'entasser sur une grande hauteur dans de profondes gorges où la température s'élève au-dessus de 0°, dès lors toutes les conditions qui président à l'établissement d'un glacier sont remplies. Il s'établit, au débouché des champs de névé, au-dessous de la zone si largement crevassée des *rimayes*, une grande traînée de glace qui, descendant le long des pentes, se modèle fidèlement sur les moindres dépressions du sol aussi bien que sur les parois encaissantes, jusqu'à ce que son extrémité libre pénètre dans des régions où la température ne permet plus l'existence de la glace.

Deux causes, en effet, règlent la dimension des glaciers : l'*alimentation*, déterminée par l'abondance plus ou moins grande des chutes de neige et la dimension des cirques où prend naissance, dans les hautes cimes, le névé; l'*ablation*, occasionnée par une fusion de la glace, qui, à peu près nulle dans la région des névés, s'étend ensuite à toute la surface du glacier, en prenant son maximum à son extrémité inférieure; et c'est quand ces deux influences se compensent que le glacier s'arrête en laissant échapper à son extrémité inférieure tout ce que la fusion lui a enlevé, sous la forme d'un torrent capable souvent de devenir la source d'une puissante artère fluviale.

Telle est, en peu de mots, l'histoire du glacier; il se compose, comme on voit, de toutes les couches de neige accumulées dans les dépressions des hautes cimes pendant une longue suite d'années, et qui, peu à peu, se sont converties en glace de plus en plus compacte. C'est ainsi que la neige, cette substance si fugitive qu'on ose à peine la toucher sans craindre de la voir s'épanouir sous les doigts, peut devenir, dans les conditions que nous venons de définir, un des agents de transport les plus puissants qu'on connaisse.

Les glaciers, en effet, ne sont autres que des *torrents d'eau glacée*, ayant pour fonction de réunir en une seule ma.   et d'amener à l'état solide, dans les régions inférieures, toutes les neiges tombées dans les cirques des hautes cimes; dans ces conditions, ils deviennent, pour les matériaux provenant de la destruction des montagnes, des instruments de transport incomparables; instruments qui, de plus, suivant une comparaison fréquemment employée, agissent sur le sol à la manière

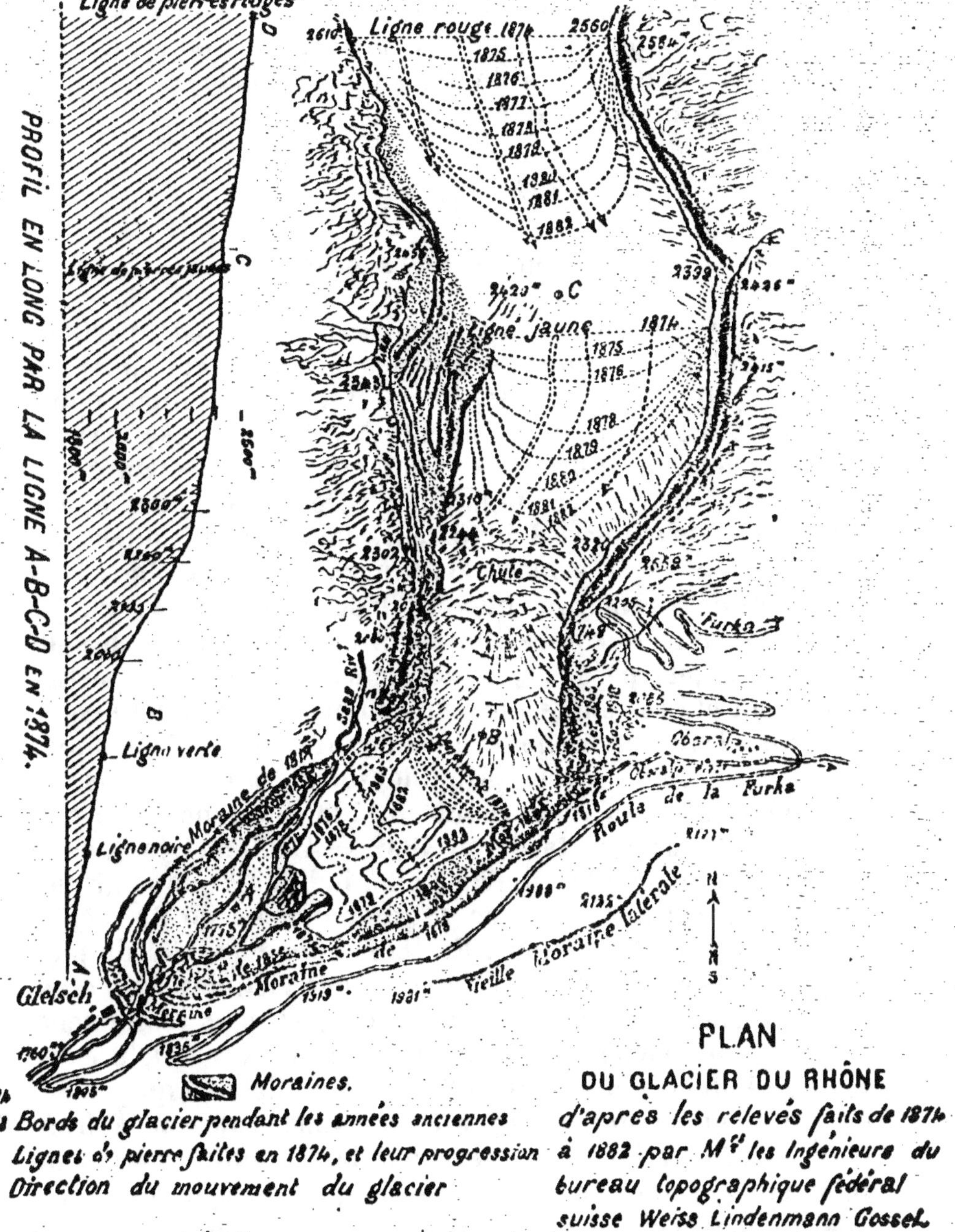

Bords du glacier pendant les années anciennes
Lignes de pierre faites en 1874, et leur progression
Direction du mouvement du glacier

Echelle au $\frac{1}{40200}$

Fig. 1. Plan d'un glacier du type alpin, emprunté au *Traité de Glaciologie* de M. Heim,
et représentant, à titre d'exemple, la plupart des faits exposés dans cet article.

d'un immense rabot, en polissant le fond et les parois des gorges qu'elles encaissent ; c'est ce dont nous allons pouvoir nous rendre compte en examinant maintenant comment s'effectuent les mouvements de cette masse solide et la nature des effets mécaniques produits.

II

MOUVEMENTS DE LA GLACE

Progression des glaciers. — Parmi les particularités les plus remarquables que peuvent offrir ces appareils glaciaires, figure en effet, sans conteste, leur mobilité. Depuis longtemps une observation patiente de ce qui se passe à la surface du glacier a appris aux montagnards que, malgré son immobilité apparente, cette nappe glacée se meut dans le sens de la pente, à la manière d'un torrent, mais avec cette différence que ce mouvement s'opère avec une lenteur extrême. Non seulement on a remarqué que les blocs épars sur le glacier progressaient vers son extrémité inférieure, mais bien souvent des objets perdus par les touristes dans les parties hautes ont été retrouvés plusieurs années après à un niveau inférieur. Telle est l'échelle de Saussure, qui, abandonnée par ses guides au pied de l'Aiguille-Noire, lors de son ascension mémorable du mont Blanc en 1788, fut rencontrée cinquante-sept ans plus tard, en 1832, à 4 kilomètres et demi plus bas; cet exemple, souvent cité, indiquait que le glacier avait dû progresser avec une vitesse moyenne de 92 mètres par an, soit $0^m,27$ par jour. En 1861, on a vu sortir du pied du glacier des Bossons les vêtements des victimes d'un accident survenu en 1820 au Grand-Plateau, et plus récemment, en 1877, un glacier voisin du col du Mont a rendu, près de son extrémité libre, les squelettes et les effets d'équipement de trois soldats qui, envoyés en reconnaissance à la frontière en 1794, s'étaient perdus dans les champs de névé du sommet. On a pu calculer de la sorte que le glacier avait mis quatre-vingt-trois ans pour franchir une distance de 2 kilomètres. Ces simples faits montrent combien est certaine, mais lente et très variable comme vitesse, la marche des glaciers. En Suisse, cette vitesse moyenne de la glace oscille entre 2 à 5 centimètres et 1^m,25 par vingt-quatre heures; or, celle des grands fleuves étant comprise entre 0^m,50 et 1^m,50 par *seconde*, on voit tout de suite qu'un glacier est un appareil naturel qui retarde le mouvement du produit des précipitations atmosphériques dans la proportion de *un à cent cinquante mille* (de Lapparent).

Des mesures précises effectuées par de nombreux observateurs, Huigi (1830), Agassiz et Forbes (1840-42), Tyndall (1857), et tout récemment par la *Commission suisse des glaciers*, depuis 1874 jusqu'à nos jours, sont venues nous apprendre que ce mouvement des glaciers était réglé par les mêmes

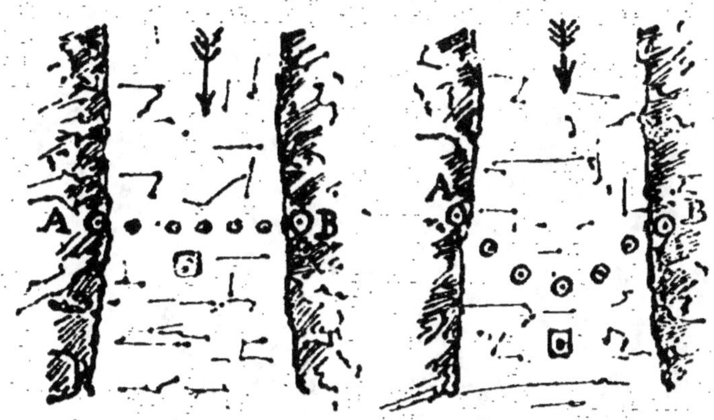

Fig. 2. — Mesure de la marche des glaciers.

lois qui régissent celui des eaux courantes, à ce point qu'il n'y a de différence que dans le chiffre de la vitesse. Pour s'en rendre compte, il suffit de planter, sur une ligne transversale à la surface du glacier, une rangée de piquets (fig. 2) repérés en ligne droite au moyen de pieux placés sur les deux rives. En les observant régulièrement, on constate que cette ligne se déplace progressivement et s'incurve dans le sens de la pente, en venant attester que le mouvement est plus rapide au centre que sur les bords. Ce retard est alors occasionné par le frottement qu'exercent les parois rocheuses, et cette condition se trouvant de même et à plus forte raison réalisée sur le fond, les parties profondes du glacier cheminent toujours aussi moins vite que la surface; le maximum dans ce sens est toujours atteint vers le milieu de la largeur du glacier (fig. 2), et c'est en été que cette vitesse est toujours la plus grande, tandis qu'elle présente son minimum en hiver.

Ce retard, que subit le glacier contre les parois qui l'encaissent, se traduit, du reste, d'une façon plus expressive par l'allure des *bandes boueuses* qui se montrent à sa surface chaque fois que sa pente se brise brusquement. Cette rupture de la pente détermine, en effet, une véritable cascade de glace

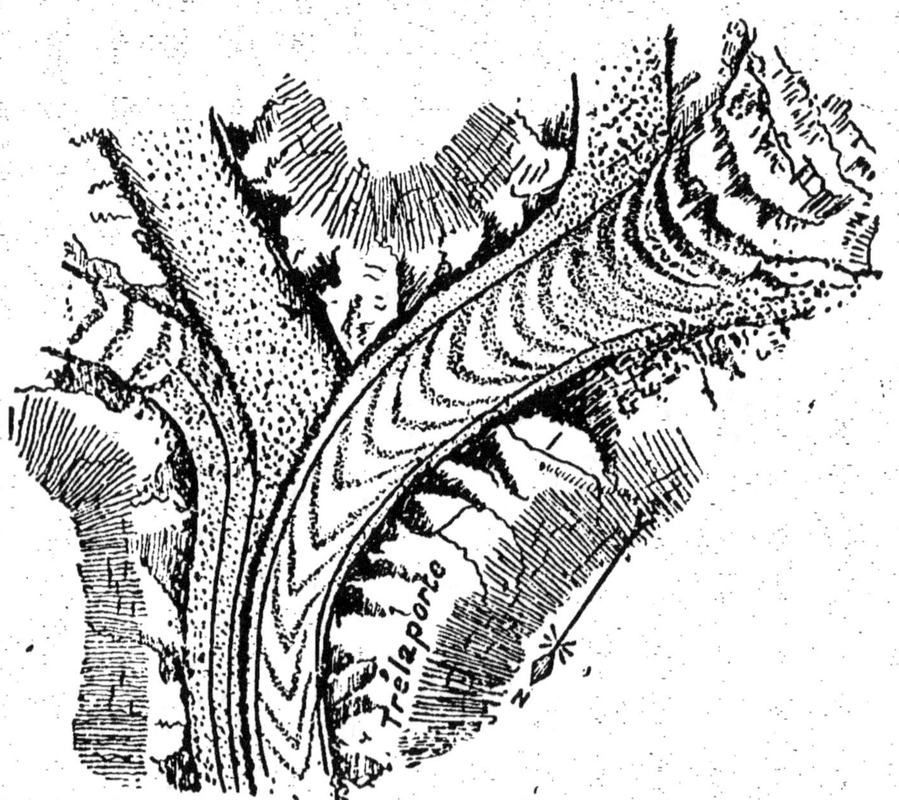

Fig. 3. — Bandes boueuses de la Mer de Glace entre Trélaporte et le Montanvers. (D'après Tyndall.)

au pied de laquelle viennent s'accumuler en demi-cercle tous les menus débris, pierres et graviers, charriés par la glace d'amont. Emportés par ce mouvement, ces débris cheminent en formant une courbe dont la convexité s'accuse de plus en plus, le milieu prenant toujours sur les deux extrémités une avance qui va en grandissant. La Mer de Glace offre, au voisinage du col du Géant (fig. 3), un remarquable exemple de cette curieuse disposition des bandes boueuses, qui chacune offre de plus cette particularité de représenter le tribut d'une année ; leur écartement, en effet, entre Trélaporte et le Montanvers, atteint ce chiffre de 110 mètres, qui est à peu de chose près celui du parcours annuel moyen de la glace dans ces parages.

On a pu remarquer aussi que cette vitesse augmente dans les étranglements et diminue quand le glacier s'élargit ; que dans les tournants le glacier se relève sur la rive convexe tandis que la ligne maximum de vitesse se rapproche de la ligne concave ; enfin, en avant des gorges, la masse subit un ralentissement en amont, puis se gonfle et prend une marche accélérée au passage de la gorge. Ce sont là, sans exception, les lois des mouvements de l'eau courante, et l'analogie de la marche des glaciers, en particulier de ceux encaissés comme la Mer de Glace, avec les rivières torrentielles est si grande qu'il est impossible de signaler dans un de ces courants un phénomène qui ne se retrouve pas dans l'autre. Comme les torrents les glaciers s'alimentent dans ces cirques devenant pour les précipitations atmosphériques de véritables bassins de réception ; s'écoulent sur la pente dans de grands couloirs encaissés, sous la seule influence de la pesanteur ; présentent sur leur parcours des remous et des cascades ; reçoivent des affluents et viennent se terminer après avoir été grossis de tous ces apports venus des sommets, au niveau des plaines par des entassements de blocs et de limons qui deviennent l'exact équivalent du cône de déjection des torrents. Cette analogie s'accroît surtout dans cette région, dite avec tant de raison *fluviale*, qui s'établit dans le cours inférieur du glacier au point où la température restant notablement plus élevée que celle des sommets, sa vitesse devient alors assez forte pour atteindre le chiffre élevé de 1^m,60 par vingt-quatre heures en plein été. On voit de la sorte que le glacier se comporte comme un fleuve imparfait dont l'analogie avec les eaux courantes s'accroît à mesure que la température s'élève.

Plasticité de la glace. — Regel. — Mais comment une telle analogie peut-elle s'établir avec une matière en apparence aussi fragile que la glace et qu'on sait être incapable de supporter le moindre effort de tension. En d'autres termes, quelles sont les causes qui communiquent au glacier un mouvement d'ensemble permettant de le comparer à une nappe liquide ? Ici nous abordons un des problèmes les plus importants de la glaciologie, un de ceux qui ont été soumis aux plus vives discussions. La première idée qui s'est présentée à l'esprit, c'est que les glaciers entraînés par leur propre poids glissent lentement sur la pente. C'est ainsi que l'avait pensé de Saussure, qui comparait le glacier à un corps glissant sur un plan incliné. Mais cette hypothèse d'un *glissement en bloc*, d'abord inapplicable aux grandes nappes glacées des pôles qui cheminent sur un fond plat, est absolument insuffisante quand il s'agit de rendre compte des mouvements compliqués du glacier, en particulier de la mobilité très différente de ses différentes parties qui se meuvent avec des vitesses très inégales (accélération au centre, ralentissement sur les bords), et surtout de son adaptation parfaite à toutes les sinuosités de son lit hérissé d'aspérités.

Sans entrer dans la discussion de toutes les théories proposées depuis quarante ans, nous rappellerons que, pour résoudre ce problème, il faut toujours tenir compte que la glace acquiert des propriétés spéciales quand sa température est au-dessus de 0°. C'est ainsi que le professeur Bianconni de Bologne a montré qu'une barre de glace, portée à une température comprise entre 1° et 6° et placée entre deux supports, affectait une courbure sensible en s'infléchissant sous son propre poids.

D'autre part, en soumettant à une pression assez faible (2 atmosphères) un cylindre de glace placé sur un bloc de même nature, on voit que ce cylindre s'enfonce dans la glace en la refoulant comme le ferait une tige de fer en pénétrant dans un corps visqueux (D‪r‬ Plaff, *Nature*, 19 août 1875). Or, dans chacune de ces expériences, la flexion de la glace et l'enfoncement du cylindre s'accentuent à mesure que la température dépasse le point de fusion de la glace et cette substance subit toutes ces déformations sans se rompre, sans rien perdre de sa compacité. On voit que la glace, en raison sans doute de la petite quantité d'eau de fusion que le contact de l'atmosphère fait naître dans sa masse, se comporte, dès que la température ambiante est au-dessus de 0°, comme une substance plastique. De plus on sait, grâce aux remarquables expériences de Tyndall, qu'elle possède la propriété du regel. Des morceaux de glace pilée, comprimés à la presse hydraulique dans des moules, y donnent naissance à une glace laiteuse, compacte, susceptible de prendre toutes les formes possibles et même de s'écouler au travers d'un orifice étroit en bâtons cylindriques ; la raison c'est que deux morceaux de glace ont la propriété de se souder dès qu'ils sont mis en contact, l'eau de fusion en se congelant dans les joints rétablissant la continuité.

De tous ces faits on peut déduire cette importante conclusion que la glace, une fois soumise à l'influence d'une température sensiblement supérieure à 0°, acquiert des propriétés spéciales qui donnent à ses particules une mobilité suffisante pour qu'elle puisse s'écouler sous la moindre pression. Or cette propriété, la masse tout entière du glacier doit la posséder en tout temps : en hiver, elle se refroidit peu, grâce à l'épais manteau de neige qui la garantit contre les influences extérieures, et dans la saison d'été toutes les parties situées au-dessous de la limite des neiges persistantes restent toujours soumises à une température bien supérieure à 0°. Dans de telles conditions, on peut considérer le glacier, encaissé dans son couloir qui représente un véritable canal d'écoulement, comme une masse imparfaitement fluide dont la pesanteur, augmentée de la pression exercée par les masses supérieures, détermine les mouvements. C'est cette gorge profonde, dans laquelle il s'écoule en s'adaptant à toutes les sinuosités de son lit, qui représente le moule des expériences précédentes, et la presse hydraulique est alors remplacée par les deux facteurs qui règlent les mouvements des masses fluides : la *pesanteur* qui sollicite leurs particules à descendre, et la *pression hydrostatique*, en vertu de laquelle les parties supérieures pèsent sur celles situées en contre-bas.

C'en est assez pour expliquer tous les mouvements compliqués des glaciers et cette analogie d'essence avec les eaux courantes, qui permet de les qualifier de torrents d'eau glacée, car c'est bien là l'expression qui convient à ces remarquables produits de la tranformation des névés.

Crevasses. — Mais si le glacier présente dans son ensemble une certaine plasticité qui suffit à rendre compte de son écoulement, il n'en est pas moins vrai que ces mouvements ne peuvent se produire sans que des dislocations se produisent dans sa masse, sans qu'en quelque point elle ne se brise en suivant les inégalités de son lit. A chaque instant des fêlures s'y produisent ; il suffit, en effet, d'appliquer son oreille sur sa surface pour entendre des bruits de crépitement annonçant la formation de fissures, presque capillaires dans le principe, mais qui bientôt s'élargissent et finalement donnent naissance aux *crevasses*, c'est-à-dire à un des traits les plus constants et les plus caractéristiques du glacier.

Quand elles sont arrivées à leur complet développement, ces crevasses offrent un spectacle des plus saisissants, leurs parois bleuâtres plongeant dans des ténèbres insondables. En hiver

Fig. 4. — Le glacier de Gorner avec ses moraines et ses crevasses latérales.

elles sont remplies de neige qui se glisse dans les interstices avec une grande facilité ; ou d'autres fois, quand cette nappe de neige ne descend pas jusqu'au fond de la cavité, elle forme au-dessus de l'abîme une sorte de pont fragile dont le moindre ébranlement peut déterminer la chute, et qui devient, dans les ascensions des glaciers, un perpétuel danger, aucun indice n'en révélant la présence au milieu du manteau de neige qui en recouvre toute la surface. Aussi la plupart des accidents, dans cette rude traversée, sont-ils dus à la chute de ces *ponts de neige* destinés à s'effondrer sous les pas des voyageurs imprudents.

C'est toujours aux mêmes points du glacier que ces crevasses se produisent. Les mieux marquées sont celles qui se font aux endroits où la glace, dans son mouvement de descente, est obligée de s'allonger. Si la pente est forte, elle se brise transversalement, c'est-à-dire de rive à rive, perpendiculairement à la longueur du glacier. Ces *crevasses transversales*, toujours profondes et très rapprochées, sont alors, surtout au pied de la chute de la pente quand elle est brusque, destinées à s'écrouler les unes au-dessus des autres, en donnant naissance à des entassements chaotiques de blocs, bien connus sous le nom de *séracs*, et qui rendent très pénible la traversée des glaciers. Quand la pente est plus faible, l'inégalité de la vitesse des bords et du centre fait naître ensuite sur chacune des deux rives, dans les parties relativement planes, des *crevasses latérales* ou *marginales* qui se succèdent avec un parallélisme frappant, en offrant toutes ce caractère d'être inclinées sur l'axe du glacier dans le sens inverse de l'écoulement, et d'apparaître par suite, vues d'en haut, comme de gigantesques chevrons (fig. 4). Quelques observateurs ont tiré de cette inclinaison cette conclusion que la vitesse était plus considérable sur le bord qu'au centre; il n'en est rien. Si nous nous reportons en effet à la ligne serrée de piquets qui servent à mesurer le mode de progression de la glace (fig. 2), nous les avons vus se disposer suivant une ligne courbe dirigée dans le sens de l'écoulement. Or, comme la glace est inextensible, cette tendance à l'allongement fait naître sur les deux bords des lignes de ruptures perpendiculaires à cette courbe et par suite des crevasses dirigées vers l'amont.

Enfin, dans les parties très resserrées où la glace est obligée de réduire sa section, elle subit un véritable laminage qui donne cette fois naissance à de grandes *crevasses longitudinales*, c'est-à-dire parallèles à l'allongement et se déploient ensuite en éventail à la sortie de l'étranglement; absolument comme ce qui se passe à l'extrémité d'une gerbe de blé fortement serrée par un lien. C'est pour la même raison que le front des glaciers, où se réalise le mieux, avec une notable atténuation de la pente, cet épanouissement de la glace, se présente divisé par des *crevasses frontales* en une série de feuillets verticaux divergents, séparés par des intervalles béants. A l'inverse des précédentes qui sont peu persistantes, ces crevasses ne se ferment jamais; elles ont même une tendance marquée à s'élargir de plus en plus vers la base.

III

FUSION DES GLACIERS. — ABLATION

Malgré l'extrême lenteur de leurs mouvements, cette progression des glaciers, qui parvient à les amener dans la dernière partie de leurs cours au milieu des champs cultivés, deviendrait inquiétante si les chaleurs de l'été, dans ces régions basses, ne venaient leur imposer une limite en les faisant fondre. Dans les Alpes suisses, chaque été fait disparaître de la surface des glaciers une épaisseur de 6 à 8 mètres de glace. En même temps, leur extrémité libre, en parvenant dans des régions plus tempérées, est soumise à une ablation croissante qui diminue sensiblement sa longueur. Or c'est précisément cette perte subie annuellement par le glacier dans son extrémité inférieure qui est la plus importante à considérer; c'est elle qui arrête son progrès dans les régions inférieures, et le glacier diminuerait chaque année si l'intensité des chutes des neiges, en ravivant sa force de progression, ne venait pas contrebalancer cet effet. Si l'été est froid et pluvieux, la progression déterminée par une abondante alimentation compense largement les effets de la fusion et le glacier s'avance, labourant sur son passage les cultures et les maisons; si la saison est chaude et sèche, c'est la fusion qui l'emporte et le glacier recule, laissant à découvert son fond poli et moutonné (fig. 7). Quoi qu'il en soit, le glacier n'enregistre jamais les effets du climat qu'avec une extrême lenteur; quand, par exemple, une période de beaux jours succède brusquement à une période de froid, l'augmentation qui en résulte ne se fait sentir qu'un mois au moins après l'élévation de la température.

Fusion. — Quant à la fusion, elle s'exerce sans doute sur toutes les parties du glacier, mais d'une manière différente suivant les points considérés. Dans le bassin d'alimentation l'eau qui en résulte, en s'infiltrant dans la neige poreuse, s'emploie tout entière pour la formation du névé; mais dans le glacier proprement dit, celle qui résulte de la fusion superficielle donne lieu à une multitude de petits ruisseaux qui serpentent à sa surface en la rendant vivante jusqu'à la rencontre des crevasses où ils s'engouffrent. Dans ces fissures les eaux ruisselantes font alors office de véritables lames d'acier, les élargissent peu à peu, et finissent par en faire des puits circulaires dits *moulins* qui, apparaissant au printemps, traversent toute l'épaisseur de la glace et leur permettent de pénétrer jusqu'au fond du glacier. Ces trous, dont la profondeur peut se chiffrer par des centaines de mètres (260 mètres sur le glacier inférieur de l'Aar), se produisent toujours, comme les crévasses dont ils dérivent, aux mêmes places et deviennent une fois formés des instruments à ce point persistants que les cartes suisses au 50,000ᵉ en ont noté la place sur certains glaciers.

C'est l'exagération de ce phénomène qui, en élargissant cette fois de grandes *crevasses de fond (grundspalten)* établies en avant des points où le lit du glacier, fortement relevé, devient concave, peut donner naissance à de grandes cavités, où les eaux de fusion, privées d'écoulement facile, sont obligées de stationner. Ainsi se constituent des *poches d'eau* capables d'atteindre des dimensions considérables, de prendre alors le caractère de *lacs intraglaciaires*, et de provoquer ensuite, par leur débâcle, des désastres effroyables, comme en témoigne la récente et terrible catastrophe de Saint-Gervais.

Débâcles glaciaires. — Dans la nuit du 11 au 12 juillet 1892, une avalanche de boue et de glace, précipitée avec une énergie sans égale des bases de l'aiguille du Goûter, dévastait les vallées du Bionnassay et de Montjoie en ruinant de fond en comble des villages presque entiers, un établissement thermal des plus fréquentés, celui de Saint-Gervais, au plus fort même de la saison. Peu d'instants ont suffi pour transformer cette riante contrée en une scène de désolation absolue. Raconter les circonstances dramatiques de cette catastrophe où tant de victimes, surprises au milieu de leur sommeil, ont péri, serait renouveler de profondes tristesses sans profit. Ce qu'on sait maintenant, grâce aux observations si précises de MM. Duparc, Delebecque et J. Vallot, c'est que la cause de ce cataclysme, sans égal jusqu'alors, doit être cherchée dans la rupture soudaine d'une immense *poche d'eau* située près de l'extrémité inférieure d'un petit glacier de sommet — celui de la Tête-Rousse — adossé contre la paroi ouest, très escarpée, de l'aiguille du Goûter. Les auteurs précités ont évalué à 100,000 mètres cubes le volume d'eau qui progressivement s'était accumulé dans ces crevasses élargies. Dès lors, cédant sous l'effort, la paroi frontale du glacier s'est trouvée non seulement rompue, mais projetée avec une telle violence que l'avalanche proprement dite n'a pris naissance qu'à une centaine de mètres en avant. Cette masse de glace, grossie de toute l'eau du glacier réunie dans un seul flot, roula ensuite avec une vitesse sans pareille dans un couloir de neige sur les pentes de la montagne des Rognes, puis vint s'abattre avec une chute totale de 1,500 mètres contre la moraine droite du glacier de Bionnassay. Là s'est formée cette *lave* froide de boue chargée de blocs énormes et de troncs de sapins qui, animée d'une vitesse de 400 mètres par minute dans le lit du Bonnant, a occasionné tous les désastres. Rien ne peut, en effet, résister à une pareille débâcle de boue visqueuse capable de laisser flotter des quartiers de roc de toutes dimensions et dont la puissance mécanique s'augmente de tous les débris qu'elle transporte ; d'autant plus que la mise en mouvement d'une pareille masse dans des gorges escarpées comme celle de Saint-Gervais, où sa hauteur a pu atteindre une trentaine de mètres, s'accompagne de trombes d'air capables de faire voler en l'air des toitures et de préparer ainsi tous les éléments d'un désastre que le torrent de boue se charge ensuite d'achever.

Grottes. — Fort heureusement, les eaux de fusion superficielle des glaciers ont, le plus souvent, une destinée tout autre ; les petits ruisseaux qui en dérivent, en s'engouffrant dans les crevasses, arrivent au fond, s'y frayent un chemin plus ou moins tortueux et parviennent de la sorte, après s'être réunis sur le lit même du glacier en un faisceau unique, à sortir par son extrémité inférieure sous une sorte de voûte ou d'arcade qu'ils ont creusée eux-mêmes dans la glace. Les eaux, en effet, à ce point terminal, sont assez abondantes et portées à une température suffisamment élevée (6° à 8°) pour fondre une grande quantité de glace. L'air chaud d'ailleurs, en pénétrant par cette *porte de glacier* (*Gletscherthor*) dans les petits canaux sous-glaciaires, se charge de remplir cette condition. C'est de la sorte que les *grottes de glacier* peuvent atteindre jusqu'à 40 mètres de haut (glacier d'Arolla). Leur ouverture marque alors l'entrée d'un étroit tunnel dont les parois de glace azurée excitent l'admiration des visiteurs ; il n'est pas rare en effet d'y constater que la surface inférieure du glacier se présente sous la forme d'une série de voûtes surbaissées, soutenues par de larges piliers où miroite une glace azurée.

Quant aux torrents qui sortent ainsi du pied des glaciers, ils représentent tous le produit de l'ablation superficielle. Leur volume est donc souvent considérable, à ce point même que ces eaux laiteuses, troublées par les limons sous-glaciaires, peuvent déjà réduire à l'état de sables et de galets les débris charriés par le glacier. Tels sont, à leur sortie de la grotte sous-glaciaire, l'Aar dont le débit n'est pas moindre, au moment des crues, de 23 mètres cubes par seconde, puis le Rhin, le Rhône et l'Aveyron qui déjà sont, dès l'origine, de véritables torrents.

Mais il arrive parfois qu'au plus fort de l'hiver des éboulis de neige et de glace, accumulés devant cette grotte terminale, entravent le cours du torrent qui lui-même, saisi par le froid, finit par s'arrêter momentanément. C'est le sort qui a été réservé, en 1839, à l'émissaire de la Mer de Glace, l'Aveyron, qui s'est complètement tari pendant plus de deux mois.

IV

EFFET DE TRANSPORT DES GLACIERS

Comme tous les torrents, le glacier, qui pourtant est un destructeur moins actif que les avalanches, charrie des alluvions qu'il finit par déposer à l'extrémité de sa course ; il prépare en quelque sorte le travail que le fleuve qui lui fait suite va continuer dans son parcours, jusqu'à la mer, en apportant, dans le grand réservoir de l'océan, tous les débris provenant de la destruction des hautes cimes, réduits en sables et en limons. La surface mouvante du glacier reçoit, en effet, tous les débris que les alternatives de froid et de chaud, de sécheresse et d'humidité, arrachent aux escarpements rocheux qui l'encaissent et se dressent sous forme de pics ou d'aiguilles souvent fort élevés. Tous ces débris, amenés par des éboulements ou des avalanches, viennent naturellement s'accumuler au pied même des escarpements en formant le long du glacier de longues traînées de blocs anguleux noircis, empilés en désordre, bien connues sous le nom de *moraines latérales* ; or, pour l'établissement de ces moraines, il n'est pas nécessaire que ces éboulements se produisent sur toute l'étendue des parois de la vallée qui encaisse ce glacier ; une seule région ébouleuse suffît. La glace, sollicitée par son mouvement de descente, venant défiler sous cet endroit ébouleux, se charge de matériaux successifs qu'elle entraîne à sa suite sur tout son parcours. Dans ces conditions, un glacier simple, sans affluents, se trouve habituellement séparé des parois qui l'encaissent par deux rangées latérales de gros blocs anguleux, et dans l'intervalle la glace qui se montre à découvert peut être tantôt surélevée, tantôt dominée par ces moraines, suivant que l'ablation l'emporte ou non sur l'alimentation.

La dimension des blocs qui tombent ainsi sur les glaciers n'a pas de limite; le plus grand nombre dépasse plusieurs mètres cubes. Parmi ces blocs, le plus célèbre, au point de vue de la dimension, le rocher de *Blaunstein*, maintenant échoué dans la vallée de Saas et qui, en 1740, se trouvait encore sur le dos du glacier de Mattmark, n'a pas moins de 8,000 mètres cubes. Parfois aussi, quelque pierre de forte dimension se détache de la masse et glisse, en dehors, sur la surface libre du glacier. Autant la marche du grand convoi morainique est bien réglée, autant celle de ces blocs isolés est sujette à des accidents bizarres; ce sont des déserteurs livrés à toutes les chances du hasard. Ils ont coutume de *tabler*, comme disent les alpinistes, c'est-à-dire qu'ils apparaissent le plus souvent perchés sur un fût de glace. La raison est facile à saisir; quand un large bloc de pierre, tel qu'une dalle de schiste, par exemple, recouvre la glace, il l'abrite et la protège contre les rayons du soleil, elle fond par suite plus rapidement autour du bloc qui bientôt apparaît juché sur un piédestal auquel il a servi d'écran (fig. 5). On donne alors le nom de *table de glacier* à ces blocs perchés sur un piédestal dont la hauteur est en fonction de la largeur de la pierre qui lui a donné naissance. Jamais horizontaux, ces blocs perchés se trouvent toujours inclinés vers le sud, quelle que soit la direction du glacier.

Il est alors facile de se rendre compte comment peuvent se produire ces cadrans solaires d'un nouveau genre. Ce sont les rayons du soleil du Midi qui, réchauffant davantage leur extrémité méridionale, obligent le pilier de glace à fondre dans cette direction, c'est-à-dire dans le sens du méridien. La dalle s'inclinant ainsi progressivement finit par tomber lourdement à droite ou à gauche, pour aller former plus loin une nouvelle table de glacier. Glissant alors le long des pentes, ces blocs accomplissent de véritables voyages en zigzag jusqu'à ce qu'ils rencontrent une crevasse dans laquelle ils puissent s'engager. Mais dans tous les cas cette chute les amène rarement à une grande profondeur et, le glacier fondant toujours, au bout de quelques étés ils reparaissent à la surface et recommencent à tabler, c'est-à-dire à entreprendre un nouveau voyage jusqu'à ce qu'ils retombent dans une nouvelle crevasse.

Cette disparition temporaire des blocs isolés dans les crevasses atteint aussi parfois les moraines qui pendant un certain temps ne se traduisent plus que par une bande de couleur sombre ou par quelques blocs émergeant çà et là en jalonnant son parcours. Ce fait se produit de préférence quand les traînées morainiques glissent sur une pente

Fig. 5. — Table de glacier montrant quatre diverses phases du phénomène qui leur donne naissance puis détermine leur chute.

raide qu'on sait être toujours fissurée et traversée par ces crevasses profondes qu'on nomme *séracs*. Il en est ainsi sur la mer de Glace près des Echelets et surtout dans la traversée des séracs du Talèvre. Dans ce cas, il semblerait que ces matériaux, qui tombent ainsi dans les crevasses, soient destinés à disparaître complètement et à venir s'accumuler sur le fond du glacier, dans les parties déprimées, en constituant une moraine profonde. Mais rien de semblable ne s'observe quand on examine les régions d'un glacier abandonné par la glace après son recul.

Cette circonstance s'est trouvée bien réalisée en Suisse, dans ce grand mouvement de recul qui, en 1880, a surtout atteint les glaciers de la vallée de Chamonix. Le recul de chacun n'a pas été moindre de 1 kilomètre et pour quelques-uns cette dimension a été doublée. Dans ce cas, il a été facile de constater que la roche encaissante se montrait dans le lit du glacier complètement à nu, nivelée, polie par places et presque entièrement dépourvue de matériaux épars, de blocs ou même de graviers. C'est qu'en effet dans ce mouvement de recul les gros blocs, quand il en existe, sont poussés de côté par la glace, et de même les ruisseaux sous-glaciaires ont pour effet d'entraîner tous les menus débris, sables, graviers et limons. On peut donc dire que les glaciers, loin d'encombrer leur lit, excellent à le nettoyer de tous les matériaux meubles qui l'occupent. C'est ce qu'expriment bien les montagnards en disant que le *glacier n'aime pas la saleté*, et la raison, c'est que la glace a une tendance bien marquée à rejeter de son sein tous les débris qu'elle a ensevelis. C'est de la sorte que des moraines, momentanément englouties, peuvent ensuite reparaître à un niveau plus bas au pied des escarpements, après un parcours sous-glaciaire plus ou moins long, toujours sous la double influence du mouvement du glacier et de la fusion superficielle.

Par contre, si les gros blocs exercent sur les glaciers un effet de protection, il en est tout autrement des petites pierres, surtout si leur couleur est foncée. Absorbant énergiquement la chaleur, ces petites pierres noires liquéfient rapidement la glace autour d'elles et finissent par se trouver noyées dans une sorte de cuvette remplie d'eau; et ce n'est pas tout, leur rôle calorifique a ensuite pour effet de réchauffer cette eau qui les entoure, et, dès qu'elle est parvenue à une température de 4°, c'est cette eau qui, à son tour, contribue à approfondir sa cuvette; mais cette fois verticalement en raison de sa plus grande densité. C'est de la sorte que la surface d'un glacier peut présenter l'image d'un véritable crible en se montrant creusée d'un grand nombre de petits trous semblables à des tuyaux de plume et au fond desquels on trouve la petite pierre qui les a produits. Des fragments de bois, et même des insectes peuvent remplir cette condition quand leur coloration est foncée.

Mais ce ne sont pas là encore des appareils stables; quand ces corps étrangers sont descendus à une profondeur telle que l'eau ne puisse plus être réchauffée par les rayons du soleil, cette eau gèle pendant la nuit, et le caillou se trouve emprisonné dans la glace ; dès lors une nouvelle phase pour lui commence : ne pouvant plus descendre, il est destiné à remonter à la surface en vertu des causes qui font reparaître les blocs et les moraines ; puis, une fois revenu au jour, à de nouveau descendre pour remonter à la surface ; et c'est par une série d'oscillations de cette nature que les petites pierres parviennent, au terme de leur course accidentée, à atteindre l'extrémité du glacier.

Moraines médianes et frontales. — Jusqu'à présent nous ne nous sommes placés que dans le cas le plus simple. Voyons maintenant ce qui se passe quand un glacier reçoit un affluent ; dans ce cas la moraine latérale de gauche de l'un d'eux se réunit à celle de droite du second à l'extrémité de l'éperon, et le glacier principal chemine en supportant trois traînées de blocs dont l'une prend ce nom de *moraine médiane* en raison de sa position (fig. 6). Cette dernière a dès lors pour effet de partager le glacier en deux moitiés presque égales et se présente le plus souvent supportée par un dôme (M) de glace. L'effet protecteur des grosses pierres s'adressant nécessairement à l'ensemble d'une pareille traînée morainique, ce dôme peut atteindre une grande élévation et dans ce cas la moraine médiane n'est autre qu'une longue rangée de tables de glaciers ; la glace, ainsi protégée contre le contact direct de l'air, reste bien transparente d'un beau bleu foncé. De plus dans une telle moraine les blocs privés de frottement conservent la vivacité de leurs arêtes et chacune des deux rangées, en cheminant côte à côte, y conserve son individualité sans jamais se confondre avec sa voisine.

Dans le cas de plusieurs tributaires les moraines qui se constituent par une telle jonction de débris charriés restent encore parallèles à l'axe du glacier ; mais n'occupant plus une position médiane elles prennent, dans leur ensemble, le nom de *superficielles*. L'examen attentif de telles moraines présente alors cet intérêt de pouvoir fournir, en les comptant, des données précises aussi bien sur le nombre des tributaires reçus par le glacier que sur leur puissance réciproque en mesurant l'espace compris entre chacune d'elles ; enfin de faire connaître la composition des hautes régions qui les alimentent en déterminant la nature des blocs qui les composent.

Continuant à obéir au mouvement qui les emporte, tous ces débris, accumulés sous la forme de moraines et de blocs isolés, cheminent comme un immense convoi et finissent par arriver à l'extrémité libre du glacier qui se termine toujours par un escarpement à pic au point où la fusion arrête sa marche. Tous les matériaux charriés glissent alors sur ce plan incliné et viennent, après leur chute qui se fait souvent avec

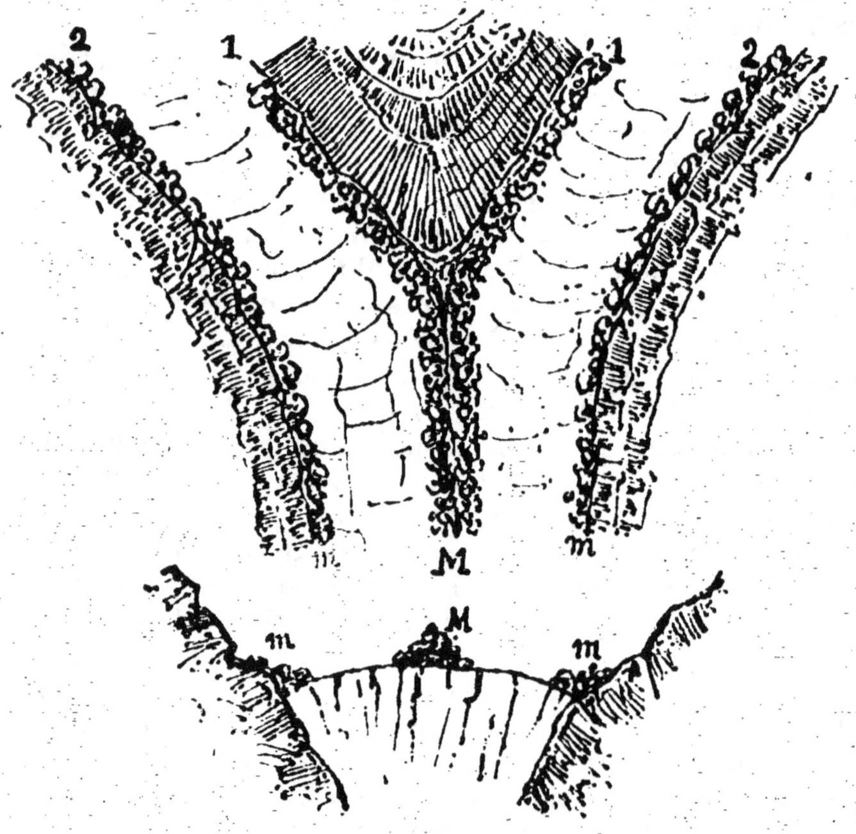

Fig. 6. — Moraine médiane.

un bruit effroyable, s'entasser au pied de l'escarpement en donnant lieu à une dernière moraine qui, sous le nom de *frontale* ou *terminale*, réunit tous les débris provenant de la destruction des hautes cimes que le glacier a transportés. Alors se présente une accumulation de gros blocs, de cailloux, de petites pierres et de boue d'un gris d'ardoise, disposée en demi-cercle sous la forme d'une digue convexe plus puissante aux deux extrémités qu'au centre où l'apport des matériaux est toujours moins actif. En même temps, c'est dans ces *ailes* qui deviennent le produit direct de la chute des moraines latérales qu'il faut venir chercher le plus grand nombre des blocs striés et polis si caractéristiques de l'action glaciaire.

D'autres fois, quand le glacier donne naissance, dès la sortie de sa grotte, à un cours d'eau important, l'accumulation des débris ne pouvant plus se faire au centre, les blocs rejetés à droite ou à gauche forment deux immenses digues ou remblais de déjection, au travers desquels le torrent se fraye un passage et dont la position varie avec celle du courant. Telle est la disposition de l'Aveyron à sa sortie du glacier des Bois. Enfin, plus rarement, mais le fait peut se produire quand l'extrémité libre du glacier, au lieu de s'étaler sur un sol plat ou fortement incliné, vient aboutir à un plan incliné, trop abrupt pour que les blocs puissent s'y maintenir, ces débris tombent au pied de l'escarpement où leur accumulation prend tous les caractères d'un talus d'éboulement. C'est alors dans les Alpes dauphinoises et savoisiennes, en particulier dans les glaciers secondaires de la Furka, des Grisons et des Diablerets, qu'il faut venir chercher les meilleurs exemples de pareils faits.

Cônes de déjection. Cailloutis glaciaire. — Quoi qu'il en soit, les caractères de ces cônes de déjection des glaciers restent toujours les mêmes. Tout est en désordre dans ces alluvions grossières qui représentent tout ce que le glacier a transporté. Toutes les roches du bassin réduites à l'état de blocs de dimensions les plus diverses, depuis de véritables quartiers de montagne jusqu'aux petits débris affectant un caractère sableux, sont enchevêtrés pêle-mêle sans trace de stratification apparente. On observe alors un mélange complet de fragments anguleux ayant conservé leurs arêtes vives, avec d'autres roulés, polis et striés, engagés dans une boue sableuse bleuâtre qui prend, sur les ailes, son principal développement. Dans les parties centrales les eaux torrentielles, ayant pour effet d'entrainer toutes ces parties meubles avec les menus débris, donnent naissance, à leur tour, à une certaine distance du glacier, à un *cailloutis glaciaire* spécial qui prend souvent le caractère d'un cône de déjection torrentiel, mais très aplati, et devient le dernier terme de ce qu'on peut désigner sous le nom d'*alluvions glaciaires* proprement dites.

V

EFFETS MÉCANIQUES. — ÉROSION GLACIAIRE

Les glaciers ne sont pas seulement, avec leurs longues traînées morainiques, les plus puissants instruments de transport qu'on connaisse; en glissant sur le sol, ils peuvent exercer des actions mécaniques notables. L'épaisseur de ces torrents glacés, dans nos régions, est en moyenne de 30 à 40 mètres; elle peut atteindre, suivant la pente, plusieurs centaines de mètres, et l'on sait que dans les contrées polaires ces chiffres sont singulièrement dépassés; on conçoit dès lors que la translation d'une pareille masse ne puisse se faire sans produire sur les parois qui les encaissent des actions érosives notables. Elle pèse d'un poids énorme sur son lit de rocher et ne marche qu'avec un frottement continuel; frottement qui a pour effet, non pas de détacher ni d'entraîner des quartiers de rochers, mais de broyer et d'user le fond aussi bien que les parois qui l'encaissent : ainsi peut naître une *moraine profonde* faite d'un mélange de glace, de boue et de petits cailloux arrondis par frottement, reposant sur le fond moutonné et strié. Le glacier, en effet, ne travaille pas seulement au grand jour, en transportant les débris tombés des hauteurs, il se sert encore de tous ces matériaux pour user et polir le sol qu'il recouvre, en faisant disparaître tous les angles, toutes les aspérités. Suivant une comparaison fréquemment employée, le glacier passe sur le sol à la manière d'un immense rabot en devenant un merveilleux outil de burinage; et ce sont alors les cailloux enchâssés dans la glace, comme dans un manche solide qui, faisant office de burins, gravent sur les rochers des stries fines ou des cannelures profondes qui se touchent sans se confondre et se suivent souvent avec un parallélisme frappant, en se montrant dirigés dans le sens de la descente.

D'autres fois, par suite d'un phénomène inverse, c'est la roche des parois qui, plus dure, use, raye, et finit par arrondir les blocs charriés; ainsi naissent les *cailloux polis et striés* si caractéristiques des alluvions glaciaires. En même temps les sables et les graviers fins qui résultent de cet écrasement, pressés par la glace contre les parois qui l'encaissent, font office d'un véritable émeri et finissent par développer des surfaces polies, aussi brillantes que celles des marbres travaillés par les lapidaires, mais toujours marquées de stries fines caractéristiques. Aucune roche n'échappe à cette action. Quant au mécanisme qui produit ces stries et ce polissage il est fort simple ; c'est celui employé dans l'industrie quand on polit les métaux ou les corps durs avec la poudre d'émeri. La vitesse déployée par la main de l'ouvrier est alors remplacée par la pression énorme exercée par le glacier.

Telle est sur les deux rives de la Mer de Glace cette zone si nette et si connue des roches polies qui s'élèvent jusqu'à

Fig. 7. — Roches calcaires moutonnées sur le passage d'un ancien glacier dans le canton de Belley (Ain).

près de 3,000 mètres d'altitude et dont l'allure arrondie contraste singulièrement avec la forme vive et déchiquetée des cimes qui la dominent. Aucune preuve n'atteste avec plus d'évidence l'énorme épaisseur atteinte autrefois par la glace dans ces parages. Sur le fond du glacier, ces actions mécaniques deviennent nécessairement considérables ; le poids de la glace, augmenté de toute la masse des blocs qu'elle supporte, faisant office d'une véritable meule, use et polit avec les sables et les graviers que les eaux ruisselantes entraînent sur le fond, tout ce qui s'oppose à son mouvement de progression. Aussi, quand le glacier a disparu et qu'on peut apercevoir son lit, on voit toutes les aspérités, toutes les saillies devenues arrondies, se présenter sous cette forme mamelonnée qui les a fait comparer à des dos de moutons endormis. D'où le nom de *roches moutonnées* qui a été donné à cette structure particulière, devenant le trait le plus saillant de l'action exercée sur leur fond par les glaciers (fig. 7).

Le produit final de ce frottement continuel exercé par les glaciers sur les roches du fond est représenté par une boue d'un gris d'ardoise, formée de particules argileuses extrêmement fines, et dont la teinte bleuâtre, si différente de celle jaunâtre des limons déposés par les eaux courantes, est due à ce fait que cette *boue glaciaire* s'est formée, sous la glace, à abri de l'action oxydante de l'air. C'est elle qui, en raison de l'extrême finesse de son grain, donne à l'eau torrentielle issue des glaciers sa teinte toujours laiteuse ; quand on l'observe durcie, cimentant les blocs et tous les débris morainiques, elle prend tous les caractères d'une argile compacte.

Profil des vallées glacières. Lacs scandinaves. — En résumé, quand on analyse avec soin l'œuvre finale du glacier, on voit qu'il devient un merveilleux instrument de déblaiement, excellant non plus à creuser son lit, comme les torrents, mais à déblayer la vallée qui l'encaisse de tous les débris que les agents atmosphériques tendent à y accumuler. Les gorges qu'il remplit ne deviennent pas son œuvre propre : il se limite à en dresser les parois ; en même temps, par le polissage des roches, il les protège contre toute dégradation ultérieure. Aussi quand, à la suite d'une longue série d'années sèches, le glacier recule, on peut voir son lit avec ses surfaces polies se présenter sous la forme d'une gorge aux parois escarpées, dont la section transversale, en prenant la forme d'un U, devient bien différente de celle en V, qu'affectent de préférence les vallées d'érosion torrentielle ; différence des plus importantes puisqu'elle permet, à première vue, d'établir une distinction bien nette entre les ravinements attribuables aux seuls efforts de l'eau courante, et ceux à la formation desquels seule l'action glaciaire a pris part.

C'est encore à une pareille œuvre de déblaiement qu'il faut attribuer la formation, sur le fond des grands glaciers, de cuvettes de profondeur moyenne et de forme allongée, quand, au lieu de venir remplir une gorge bien accentuée, la glace s'étale sur une large surface, peu inclinée. Après sa retraite, ces cuvettes sont destinées à se transformer en lacs ou en étangs. Telle est l'origine de ces innombrables cavités lacustres qui, dans la Finlande et la Scandinavie méridionale, se développent au milieu d'une région remarquablement aplanie, dépourvue de régime fluvial suivi, jonchée de blocs erratiques et remplie de roches moutonnées. Les glaciers, dans ces conditions ouvelles, engendrent un paysage caractéristique, qualifié à juste titre de *morainique*. Mais les lacs glaciaires peuvent avoir une autre origine : fréquemment, en effet, une moraine, en venant barrer une vallée, oblige les eaux à refluer en arrière en donnant naissance à un *lac de barrage*, dont les meilleurs exemples doivent être observés, cette fois, dans les Vosges. Du même ordre aussi sont, sur le versant méridional des Alpes, ces lacs italiens bien connus qui impriment au paysage alpestre un caractère de grandeur incomparable. Quand on songe que c'est aussi au long séjour de la glace que les profondes vallées des côtes scandinaves et écossaises aujourd'hui transformées en fjords doivent d'avoir pu conserver, avec la grande élévation de leurs flancs, la raideur de leur profil, on voit combien l'œuvre des glaciers est importante et dans ce cas c'est un rôle franchement protecteur qu'ils ont rempli.

Quoi qu'il en soit, si dans leur ensemble les glaciers ne peuvent compter comme des agents d'érosion très-efficaces, ils restent toujours, et c'est là leur trait particulier, de merveilleux instruments de transport, uniques dans leur genre et capables de charrier, sans bruit, jusqu'à des distances énormes de leur lieu d'origine, des blocs que nulle eau courante ne pourrait, non seulement transporter, mais même déplacer. Tant il est vrai que l'outil qui fait le plus de travail est toujours celui qui fait le moins de bruit.

VI

PRINCIPAUX EXEMPLES DE GLACIERS

1º *Type alpin*. — Les causes qui règlent la dimension d'un glacier sont multiples, mais cette valeur reste toujours en fonction de l'étendue du bassin d'alimentation ; à ce point qu'on peut poser en principe que sa longueur est en relation étroite avec l'importance du champ de névés qui l'alimente. Si donc des champs de neige largement étalés dans les hauteurs d'un massif montagneux sont disposés de façon à pouvoir écouler leur trop-plein dans une même direction, la masse du glacier résultant de leur transformation peut devenir assez grande pour s'avancer dans la vallée encaissante à une grande distance de son origine ; de plus quand sur son parcours il reçoit des affluents contribuant à augmenter non seulement sa puissance mais sa vitesse de progression, son extrémité libre peut, sans peine, parvenir à atteindre la zone des cultures et des régions habitées.

En Europe, ces conditions se trouvent pleinement réalisées dans la zone des Alpes suisses ; les divers groupes qui la composent présentent, en effet, mieux que partout ailleurs, avec une grande élévation, une remarquable disposition convergente des cimes vers de grands bassins de réception où les champs de névés peuvent s'établir sur de vastes étendues ; de plus, bien exposés pour recevoir des vents d'ouest et de sud-ouest une proportion d'humidité d'un quart supérieure à ce qu'elle est pour la France entière, ces massifs deviennent, pour l'accumulation des neiges, des condenseurs d'une grande puissance. Aussi ces Alpes suisses supportent à elles seules plus d'un millier de glaciers, occupant une surface totale de 4,800 kilomètres carrés et dont plus d'une centaine descendent dans les vallées habitées par les hommes, où les moissons jaunissent et le raisin mûrit. Déjà ceux du mont Blanc, qui couvrent à eux seuls une surface de 282 kilomètres carrés, peuvent cheminer au milieu de forêts de hêtres, de mélèzes et de sapins, si bien que c'est au travers du verdoyant feuillage de ces arbres qu'on peut entrevoir les vagues blanches de la Mer de Glace ; ailleurs, c'est au milieu de champs de céréales, dont il n'empêche pas la moisson, que s'étend la base d'un pareil torrent glacé ; tel est celui d'Aletch, qui, alimenté par un bassin de névés occupant un espace de 100 kilomètres carrés, peut atteindre une longueur de 24 kilomètres et figurer, parmi ces glaciers de la Suisse, comme le plus important.

Nombreux sont ensuite ceux du même ordre qui se présentent dans les Alpes tyroliennes et autrichiennes, en particulier dans les massifs de l'Ortler, de l'OEtzthal, et surtout du Gross Glockner ; à leur tour dans l'Asie centrale, les puissants reliefs des chaînes Himalayennes peuvent, malgré le voisinage des tropiques, supporter sous l'influence des mêmes causes et de leur grande élévation des glaciers gigantesques; celui de Baltoro, dans le Karakorum, après avoir atteint 60 kilomètres de long et par places une largeur de 20 kilomètres, descend à plus de 500 mètres au-dessous de la limite de la végétation forestière. Mais les exemples les plus remarquables de cette grande extension sont fournis par les glaciers de la Nouvelle-Zélande; situés sous une latitude (43°35' lat. sud) comportant un climat comparable à celui de Cannes et d'Antibes, ils parviennent à faire pénétrer leur extrémité libre dans des régions où il semble que la présence de la glace devienne un paradoxe climatérique. Tel est celui de Tasman qui peut, sous l'impulsion de puissantes masses de névés, parvenir à atteindre, dans le voisinage de la mer, une région couverte de palmiers et de fougères arborescentes.

2° *Type scandinave.* — Ce spectacle saisissant de glaciers descendant jusqu'à la mer peut encore s'observer en Scandinavie dans les parages du cap Nord, et devient ensuite le trait saillant de tous ceux qui, nombreux, se développent si largement dans les régions arctiques. Mais ces glaciers, au lieu d'être bien individualisés comme ceux du type alpin, et d'atteindre en dimension de pareilles longueurs, apparaissent très étalés, et leurs névés bien moins convergents, au lieu d'être encaissés comme les précédents, s'étendent pour ainsi dire sans limite sur de vastes plateaux ondulés où ils deviennent le réservoir commun de plusieurs traînées de glace distinctes. Tels sont, dans la Norwège méridionale, ceux du Justedal dont la superficie n'est pas moindre de 900 kilomètres carrés et surtout, plus au nord, ceux qui, nombreux, descendent de champs de névés couvrant, comme le *Svartisen* (glacier noir), des espaces de 600 à 800 kilomètres carrés et dont la base vient s'écrouler dans le fond des fjords de la région.

3° *Type pyrénéen.* — Mais à côté de ces grands glaciers, il en est de plus restreints qui cheminent sur des pentes raides et s'y étalent au lieu de s'allonger dans de profondes vallées comme les précédents. De ce nombre sont ceux bien connus qui, dans le massif du mont Blanc, autour de la crête des Aiguilles, ou sur la base de la pyramide argentée de la Yungfrau restent appliqués sur des pentes de 30° à 40°. Dans ces conditions la neige, les névés et la glace, en continuité absolue sur un même fond fortement incliné, demeurent le plus souvent suspendus, loin de tout regard, dans un seul et même repli de la montagne. Et ces amas de glaces, aux formes très ramassées, ont ce caractère de rester appliqués sur les pentes sans jamais descendre dans les vallées voisines.

C'est la forme la plus réduite que peuvent prendre les glaciers, celle aussi qui, dans les montagnes récentes de haut relief, paraît la plus répandue. Dans les Alpes, leur nombre dépasse 900, alors que celui des grands glaciers encaissés ne s'élève qu'à 249. Dans le Caucase, sur le versant méridional, où les profondes échancrures capables de recevoir de grands fleuves de glace font défaut, ils règnent également sans partage. Mais c'est surtout dans les Pyrénées qu'il faut venir prendre les meilleurs exemples de pareils faits. Cette chaîne allongée sous la forme de simples crêtes rectilignes entre deux bassins maritimes, à une latitude plus basse que celle des Alpes, ne présente en effet nulle part de bassins de réception capables d'alimenter des torrents glacés, susceptibles de descendre de hauteurs jusqu'au* fond des vallées comme les précédents. Localisés dans les parties centrales, notamment autour de la Maladetta, c'est dans l'est qu'ils prennent le plus grand développement. C'est ainsi que ceux du Vignemale et du Balastou sont deux fois plus étendus, malgré leur exposition au soleil que ceux septentrionaux situés à l'ombre.

On peut même aller plus loin et reconnaître avec M. Schrader l'influence prépondérante des vents dans la formation de ces traînées neigeuses qui deviennent le trait caractéristique du phénomène glaciaire dans les Pyrénées. Les neiges s'amoncelant à l'abri des vents dominants, et ces vents soufflant de l'ouest, les plus grandes provisions de neige se tiennent nécessairement à l'est. Il est donc naturel de trouver les plus grands glaciers de ce côté. Quand le vent vient à souffler, la poussière neigeuse située du côté du vent est soulevée, poussée sur la pente jusqu'au sommet qu'elle franchit, pour retomber ensuite de l'autre côté de la montagne. La neige tend donc à s'accumuler par entassement de ce côté. C'est de la sorte que, dans cette belle région montagneuse si accidentée, on voit souvent en hiver, au printemps et en automne, de longues traînées blanches aériennes de neige, ondulant comme une écharpe attachée à la cime; c'est le glacier qui s'approvisionne. De même que nous avons cherché dans les torrents des points de comparaison propres à éclaircir les faits qui se passent dans l'écoulement des glaciers, de même les lois du transport des neiges dans les hauteurs présentent avec celles qui règlent la marche des dunes, beaucoup d'analogie ; mais avec cette différence que le travail est plus rapide pour les neiges en raison de leur légèreté et le phénomène bien plus considérable si on tient compte de la masse transportée.

5° *Type groënlandais; Glaciers polaires.* — Une place à part doit être accordée aux glaciers polaires qui, loin d'être localisés, comme ceux des régions tempérées, au cœur des massifs montagneux deviennent, sur les côtes, les émissaires non plus de champs de névés, mais d'une véritable *calotte glaciaire*, recouvrant d'un manteau uniforme tout le pays, condition qui se trouve pleinement réalisée au Groënland dont la surface disparaît presque tout entière sous un immense champ de glace (*inlandsis*), masquant toutes les inégalités du terrain, et ne laissant à découvert sur la côte occidentale qu'une étroite bande de terre, habitable, et fréquemment interrompue par de puissants glaciers. Alors se présente, réalisé dans son plein, le *type groënlandais* caractérisé non seulement par ce fait que les glaciers de cet ordre deviennent de simples ramifications dans les principales dépressions du sol, des champs de glace polaires, mais encore par leur immense largeur. Au lieu de se contenter d'une seule vallée et de se présenter, comme les glaciers alpins, profondément encaissés dans des gorges escarpées, ces émissaires de l'*inlandsis* n'ont pour limites que quelques crêtes mal définies et viennent directement projeter dans la mer ou dans le fond des fjords une base pouvant atteindre, au Spitzberg, dans l'archipel de François-Joseph et ailleurs, vingt kilomètres de large, avec une épaisseur de 60, 80 et même 120 mètres.

Parmi les traits communs à tous ces glaciers polaires figure ensuite la rupture continuelle de leur front quand ils débouchent à la mer, et la formation de glaces flottantes qui en dérivent. En empiétant ainsi sur le domaine maritime à distances qui atteignent parfois plus d'un kilomètre, leur extrémité libre ne pouvant rester appliquée sur le fond, dont la pente est trop forte, flotte pendant quelque temps et reste en surplomb jusqu'au moment où, mal soutenue, surtout à l'heure de la marée basse, elle vient se débiter par tranches énormes, destinées à former ces grands convois de glaces flottantes ou *ice bergs*, que vents et courants entraînent ensuite dans les régions plus chaudes où elles sont destinées à disparaître par fusion.

Individuellement ces montagnes de glace peuvent atteindre d'énormes dimensions ; au débouché des fjords du Groënland, il en est qui se dressent à une centaine de mètres au-dessus du niveau de la mer, et cette partie émergée ne représente guère que le dixième de la masse totale ; au large de Terre-Neuve, ces *ice bergs* peuvent encore avoir mille mètres du sommet à la base, voire même mesurer, comme on a pu le faire récemment, dix huit millions de mètres cubes, ce qui représente un cube de glace d'une hauteur comparable à celle de la Tour Eiffel. Quant à la quantité de ces glaces flottantes qui, chaque année, se détachent ainsi des régions polaires pour venir fondre dans les régions tempérées, elle aussi ne peut manquer d'être extrêmement considérable. Rien que pour le seul émisphère boréal, on l'évalue à *trente-deux kilomètres cubes*. On conçoit dès lors quelle influence de pareilles masses, avec leur cortège habituel de pluies et de brouillards, peuvent exercer sur le climat des parages où elles viennent s'échouer. C'est du reste leur principal rôle ; jamais les *ice bergs*, quoi qu'on en ait pensé, ne deviennent, pour la dissémination sur le fond des mers des matériaux provenant de la dégradation des continents, des instruments très efficaces, ces débris faisant presque complètement défaut sur les glaces continentales qui leur donnent naissance.

On voit, par suite, que le phénomène glaciaire dans les contrées polaires, avec son ampleur exceptionnelle, perd en puissance mécanique ce qu'il gagne en étendue.

Sceaux. Imp. Charaire et Cⁱᵉ.

www.ingramcontent.com/pod-product-compliance
Lightning Source LLC
LaVergne TN
LVHW020443060726
842525LV00005B/1529